【 名 家 诗 歌 典 藏 】

痖弦诗精选

痖弦 著

长江出版传媒 长江文艺出版社

图书在版编目（CIP）数据

痖弦诗精选 / 痖弦著. —— 武汉 ：长江文艺出版社，
2023.10
　（名家诗歌典藏）
　ISBN 978-7-5702-2465-4

　Ⅰ．①痖⋯ Ⅱ．①痖⋯ Ⅲ．①诗集－中国－当代
Ⅳ．①I227

　中国版本图书馆 CIP 数据核字 (2021) 第 271934 号

湖北省版权局著作权合同登记 图字:17-2019-118 号
本著作物经北京时代墨客文化传媒有限公司代理，由黎明文化事业股份有限
公司授权，在中国大陆出版、发行中文简体字版本。

痖弦诗精选
YA XIAN SHI JINGXUAN

责任编辑：胡金媛　　　　　　　　责任校对：毛季慧
封面设计：颜森设计　　　　　　　责任印制：邱　莉　　王光兴

出版：长江出版传媒　长江文艺出版社
地址：武汉市雄楚大街 268 号　　　邮编：430070
发行：长江文艺出版社
http://www.cjlap.com
印刷：湖北新华印务有限公司

开本：880 毫米×1230 毫米　　1/32　　印张：5.625　　插页：4 页
版次：2023 年 10 月第 1 版　　　　2023 年 10 月第 1 次印刷
行数：4320 行

定价：48.00 元

目 录

野荸荠

野莘荠

春　日

主啊，唢呐已经响了
冬天像断臂人的衣袖
空虚，黑暗而冗长

主啊
让我们在日晷仪上
看见你的袍影
在草叶尖，在地丁花的初蕊
寻找到你
带血的足印
并且希望听到你的新歌
从柳笛的十二个圆孔
从风与海的谈话

主啊，唢呐已经响了
令那些白色的精灵们
（他们为山峰织了一冬天的绒帽子）
从溪，从涧
归向他们湖沼的老家去吧

赐男孩子们以滚铜环的草坡
赐女孩子们以打陀螺的干地
吩咐你的太阳，主啊
落在晒暖的
老婆婆的龙头拐杖上
啊，主
用鲜花缀满轿子行过的路
用芳草汁润他们的唇
让他们喋吻

没有渡船的地方不要给他们制造渡船
让他们试一试你的河流的冷暖
并且用月季刺、毛蕻藜、酸枣树
刺他们，使他们感觉轻轻的痛苦

唢呐响起来了，主啊
放你的声音在我们的声带里
当我们掀开
那花轿前的流苏
发现春日坐在里面的时候

一九五七年一月

秋　歌

——给暖暖

落叶完成了最后的颤抖
荻花在湖沼的蓝睛里消失
七月的砧声远了
暖暖

雁子们也不在辽夐的秋空
写它们美丽的十四行了
暖暖

马蹄留下踏残的落花
在南国小小的山径
歌人留下破碎的琴韵
在北方幽幽的寺院

秋天，秋天什么也没留下
只留下一个暖暖

只留下一个暖暖

一切便都留下了

一九五七年一月九日

斑　鸠

女孩子们滚着铜环
斑鸠在远方唱着

斑鸠在远方唱着
我的梦坐在桦树上

斑鸠在远方唱着
讷伐尔的龙虾挡着了我的去路
为一条金发女的蓝腰带
坏脾气的拜伦和我决斗

斑鸠在远方唱着
邓南遮在嗅一朵枯蔷薇
楼船驶近莎孚坠海的地方
而我是一个背上带鞭痕的摇桨奴

斑鸠在远方唱着
梦从桦树上跌下来

太阳也在滚着铜环

斑鸠在远方唱着

一九五七年一月十二日

野荸荠

送她到南方的海湄
便哭泣了
野荸荠们也哭泣了

不知道马拉尔美哭泣不哭泣
去年秋天我曾在
　　一本厚书的第七页上碰见他
他没有说什么
野荸荠们也没有说什么

高克多的灵魂
住在很多贝壳中
拾几枚放在她燕麦编的帽子里
小声问她喜爱那花纹不
又小声问荸荠们喜爱那花纹不

裴多菲到远方革命去了
他们喜爱流血
我们喜爱流泪

野荸荠们也喜爱流泪

而且在南方的海湄
而且野荸荠们在开花
而且哭泣到织女星出来织布

一九五七年二月二日

歌

谁在远方哭泣呀
为什么那么伤心呀
骑上金马看看去
那是昔日

谁在远方哭泣呀
为什么那么伤心呀
骑上灰马看看去
那是明日

谁在远方哭泣呀
为什么那么伤心呀
骑上白马看看去
那是恋

谁在远方哭泣呀
为什么那么伤心呀
骑上黑马看看去

那是死

一九五七年二月六日

一九八〇

老太阳从蓖麻树上漏下来，
那时将是一九八〇年。

我们将有一座
费一个春天造成的小木屋，
而且有着童话般红色的顶
而且四周是草坡，牛儿在啮草
而且，在澳洲。
地丁花喧噪着各种颜色，
用以排遣她们的寂寥。

云们
早晨从山坳里漂泊出来，
晚上又漂泊回去，
没有什么事好作。

天空有很多蓝色，
你问我不能借一点下来染染珊珊的裙子呢？
  （我怎么会知道呀！）

屋后放着小小的水缸。
天狼星常常偷偷的在那儿饮水，
猎户星也常常偷偷的在那儿饮水，
孩子们的圆脸，也常常偷伦的在那儿饮水。

牛们都很听话；
刈麦节前一天
默默地赠给我们最最需要的奶汁！
奶汁里含有青青的草味，
珊珊不喜爱那草味。

山谷离我们远远的，
没有什么可送我们，
送给我们一些歌，一些回声，
你说
这已经够好了。

冬天来时雪花埋着窗子。
乃烘起秋天拾来的落叶，
毛毛拾的最多，
毛毛乖
毛毛拾的最多。

我说要到小镇上
买点画片儿吧！
袜筒儿也该挂在门楣上了，
南方的十字星也该运转到耶路撒冷了。

你说画片儿有什么好看
我们不就住在画片里吗？
我却辩驳着说：
那也不要在面包里夹什么了，
就夹你的笑吧。
吵到最后你说唱歌吧！
唱唱总是好的。
孩子们都睡了。
灯花也结了好几朵了。

我说你还赶作什么衣裳呀，
留那么多的明天做什么哩？

第二天老太阳又从蓖麻树上漏下来，
那时将是一九八〇年。

一九五七年二月九日

妇　人

那妇人
背后晃动着佛罗稜斯的街道
肖像般的走来了

如果我吻一吻她
拉菲尔的油画颜料一定会黏在
我的异乡的髭上的

一九五六年六月

蛇 衣

我太太是一个
仗着妆奁发脾气的女人。
她的蓝腰带，洗了又洗
洗了又洗。然后再晒在
大理菊上。
然后，（一个劲儿）
　歌唱
　　小调。
我太太想把
整个地球上的花
全都穿戴起来，
连半朵也不剩给邻居们的女人！
她又把一只喊叫的孔雀
在旗袍上，绣了又绣
绣了又绣。总之我太太
认为裁缝比国民大会还重要。

美洲跟我们
　（我太太，想）

虽然共用一个太阳，
可也有这样懒惰的丈夫
　　（那时我正上街买果酱）
且不会
　歌唱
　　　小调。

在春天。
我太太
像鹭鸶那样的贪恋着
她小小的湖沼——镜子。
我太太，在春天，想了又想
想了又想
还是到锦蛇那儿借件衣裳吧。

　　　　　　　　　一九五八年三月三日

殡仪馆

食尸鸟从教堂后面飞起来
我们的颈间撒满了鲜花
（妈妈为什么还不来呢）

男孩子们在修最后一次胡髭
女孩子们在搽最后一次胭脂
决定不再去赴什么舞会了
手里握的手杖不去敲那大地
光与影也不再嬉戏于鼻梁上的眼镜
而且女孩们的紫手帕也不再于踏青时包那甜甜的草莓了
（妈妈为什么还不来呢）

还有枕下的"西蒙"
也懒得再读第二遍了
生命的秘密
原来就藏在这只漆黑的长长的木盒子里

明天是春天吗

我们坐上轿子
到十字路上去看什么风景哟

明天是生辰吗
我们穿这么好的缎子衣裳
船儿摇到外婆桥便禁不住心跳了哟

而食尸鸟从教堂后面飞起来
牧师们的管风琴在哭什么
尼姑们咕噜咕噜地念些什么呀
（妈妈为什么还不来呢）

有趣的是她说明年清明节
将为我种一棵小小的白杨树
我不爱那萧萧声
怪凄凉的，是不

啊啊，眼眶里蠕动的是什么呀
蛆虫们来凑什么热闹哟
而且也没有什么泪水好饮的
（妈妈为什么还不来呢）

一九五七年一月二十四日

三色柱下

理发师们歌唱

总是这样的刈麦节
总是如此丰产的无穗的黑麦
总是于烟士披里纯的土壤之上
收割，收割
南方的小径通回耳朵
且也是一种园艺学
一种美
一种农村革命
一种不属于希腊的雕塑趣味

理发师们歌唱

一九五八年一月四日

早 晨

——在露台上

在早晨
当地球使一朵中国菊
看见一片美洲的天空
我乃忆起
　昨天。昨天我用过的那个名字

穿过甬道的紫褐色
有人在番石榴树上
晒她们草一般
　湿濡的灵魂
而邻居的老唱机的磨坊
　（奥芬·巴哈赶着驴子）
也开始磨那些陈年的瞿麦

这样我便忆起
昨天的昨天的昨天
我用过的那个名字
面向着海。坐在露台上。穿着丝绒睡衣

名家诗歌典藏

把你给我的爱情像秋扇似的折叠起来
且企图使自己返回到
　　银匙柄上的花式底
　　那么一种古典
而这是早晨
当地球使一片美洲的天空
看见一朵小小的中国菊
读着从省城送来的新闻纸
顿觉上帝好久没有到过这里了

一九五八年六月二十一日

战 时

战 时

土地祠

远远的
荒凉的小水湄
北斗星伸着杓子汲水

献给夜
酿造黑葡萄酒

夜
托蝙蝠的翅
驮赠给土地公

在小小的香炉碗里
低低的陶瓷瓶里
酒们哗噪着
待人来饮

而土蜂群只幽怨着
（他们的家太窄了）
在土地公的耳朵里

小松鼠也只爱偷吃

一些陈年的残烛

油葫芦在草丛里吟哦

他是诗人

但不嗜酒

酒们哗噪着

土地公默然苦笑

（他这样已经苦笑了几百年了）

自从那些日子

他的胡髭从未沾过酒

自从土地婆婆

死于风

死于雨

死于刈草童顽皮的镰刀

一九五七年一月四日

山　神

猎角震落了去年的松果
栈道因进香者的驴蹄而低吟
当融雪像纺织女纺车上的银丝披垂下来
牧羊童在石佛的脚指上磨他的新镰
春天，呵春天
我在菩提树下为一个流浪客喂马

矿苗们在石层下喘气
太阳在森林中点火
当瘴疬婆拐到鸡毛店里兜售她的苦苹果
生命便从山鼬子的红眼眶中漏掉
夏天，呵夏天
我在敲一家病人的锈门环

俚曲嬉戏在村姑们的背篓里
雁子哭着喊云儿等等他
当衰老的夕阳掀开金胡子吮吸林中的柿子
红叶也大得可以写满一首四行诗了
秋天，呵秋天

我在烟雨的小河里帮一个渔汉撒网

樵夫的斧子在深谷里唱着
怯冷的狸花猫躲在荒村老妪的衣袖间
当北风在烟囱上吹着口哨
穿乌拉的人在冰潭上打陀螺
冬天，呵冬天
我在古寺的裂钟下同一个乞儿烤火

一九五七年一月十五日

战　神

在晚上
很多黑十字架的夜晚
病钟楼。死了的两姊妹：时针和分针
僵冷的臂膀，画着最后的 V

V？只有死，黑色的胜利
这是荒年。很多母亲在喊魂
孩子们的夭亡，十五岁的小白杨
昨天的裙子今天不能再穿

破酒囊，大马士革刀的刺穿
号角沉默，火把沉默
有人躺在击裂的雕盾上
妇人们的呻吟，残旗包裹着婴儿

踩过很多田野，荞麦花的枯萎
在滑铁卢，黏上一些带血的眼珠
铜马刺，骠骑的幽怨
战神在擦他的靴子

很多黑十字架，没有名字
食尸鸟的冷宴，凄凉的剥啄
病钟楼，死了的姐儿俩
僵冷的臂膀，画着最后的 V

一九五七年一月十七日

乞 丐

不知道春天来了以后将怎样
雪将怎样
知更鸟和狗子们，春天来了以后
　　以后将怎样

依旧是关帝庙
依旧是洗了的袜子晒在偃月刀上
依旧是小调儿那个唱，莲花儿那个落
酸枣树，酸枣树
大家的太阳照着，照着
　　　酸枣那个树

而主要的是
一个子儿也没有
与乎死虱般破碎的回忆
与乎被大街磨穿了的芒鞋
与乎藏在牙齿的城堞中的那些
　　　那些杀戮的欲望

每扇门对我关着，当夜晚来时

人们就开始偏爱他们自己修筑的篱笆

只有月光，月光没有篱笆

且注满施舍的牛奶于我破旧的瓦钵，当夜晚

　　夜晚来时

谁在金币上铸上他自己的侧面像

　　（依呀嗬！莲花儿那个落）

谁把朝笏抛在尘埃上

　　（依呀嗬！小调儿那个唱）

酸枣树，酸枣树

大家的太阳照着，照着

　　酸枣那个树

春天，春天来了以后将怎样

雪，知更鸟和狗子们

以及我的棘杖会不会开花

　　开花以后又怎样

一九五七年十二月十二日

京 城

京都哟
快快用你最后的城齿
咀嚼那些荒古的回忆罢
回廊上的长明灯就要熄了
瞳孔穿过大汉也看不见胡马
在月光下

这已不是那种年代
　　在盾牌上，在虎帐里
这已不是那种年代
　　在龙旗下，在甲胄中

指南车的辙痕，随甲骨文一起迷茫了
京都哟，你的车轮如今是旋转于
冷冷的钢轨上
一种金属的秩序，钢铁的生活
一种展开在工厂中的
新的歌宴
啊啊，振幅哟，速率哟，暴力哟

钢的歌，铁的话，和一切金属的市声哟
　　履带和轮子的恋爱哟
　　阴螺丝和阳螺丝的结婚哟

新的热疹，新的痉挛
京都哟，你的单纯的苏蘼花
再也不能用以赞美姊妹们
因加力骚舞而扭曲的颜面
而当黄昏，黄昏七点钟
整个民族底心，便开始凄凄地
凄凄地滴血，开始患着原子病
甚至在地下电缆下
在布丁和三明治的食盘中
都藏有
灰鼠色的
核分裂的焦虑

京都哟
快快用你最后的城齿
咀嚼那些荒古的回忆罢
你底鼓楼再也擂不响现代
熄了，熄了，长明灯
在夕阳中

　　　　　　　　　　一九五八年四月十二日

红玉米

宣统那年的风吹着
吹着那串红玉米

它就在屋檐下
挂着
好像整个北方
整个北方的忧郁
都挂在那儿
犹似一些逃学的下午
雪使私塾先生的戒尺冷了
表姊的驴儿就拴在桑树下面

犹似唢呐吹起
道士们喃喃着
祖父的亡灵到京城去还没有回来

犹似叫哥哥的葫芦儿藏在棉袍里
一点点凄凉，一点点温暖
以及铜环滚过岗子

遥见外婆家的荞麦田
便哭了

就是那种红玉米
挂着，久久地
在屋檐底下
宣统那年的风吹着

你们永不懂得
那样的红玉米
它挂在那儿的姿态
和它的颜色
我底南方出生的女儿也不懂得
凡尔哈仑也不懂得

犹似现在
我已老迈
在记忆的屋檐下
红玉米挂着
一九五八年的风吹着
红玉米挂着

一九五七年十二月十九日

盐

二嬷嬷压根儿也没见过陀思妥耶夫斯基。春天她只叫着一句话：盐呀，盐呀，给我一把盐呀！天使们就在榆树上歌唱。那年豌豆差不多完全没有开花。

盐务大臣的骆队在七百里以外的海湄走着。二嬷嬷的盲瞳里一束藻草也没有过。她只叫着一句话：盐呀，盐呀，给我一把盐呀！天使们嬉笑着把雪摇给她。

一九一一年党人们到了武昌。而二嬷嬷却从吊在榆树上的裹脚带上，走进了野狗的呼吸中，秃鹫的翅膀里；且很多声音伤逝在风中：盐呀，盐呀，给我一把盐呀！那年豌豆差不多完全开了白花。陀思妥耶夫斯基压根儿也没见过二嬷嬷。

一九五八年一月十四日

战　时

——一九四二·洛阳

春季之后
烧夷弹把大街举起犹如一把扇子
在毁坏了的
紫檀木的椅子上
我母亲底硬的微笑不断上升遂成为一种纪念

细脚蜂营巢于七里祠里
我母亲半淹于、去年
很多鸽灰色的死的中间
而当世界重复做着同一件事
她的肩膀是石造的

那夜在悔恨与瞌睡之间
一匹驴子竟夕长鸣而一列兵士
走到窗下电杆木前展开他们的纸张
石楠的繁叶深垂
据说是谁也没睡

而自始至终
他们的用意不外逼你去选一条河
去勉强找个收场
或写长长的信给外县你瘦小的女人
或惊骇一田荞麦

不过这些都已完成了
人民已倦于守望。而无论早晚你必得参与
草之建设。在死的营营声中
甚至——
已无须天使

一九六二年五月一日

无谱之歌

无 谱 之 歌

水手·罗曼斯

这儿是泥土，我们站着，这儿是泥土
用法兰西鞋把春天狠狠地踩着

从火奴鲁鲁来的蔬菜枯萎了
巴士海峡的贸易风转向了
今天晚上我们可要恋爱丫
就是耶稣那老头子也没话可说了
我们的咸胡子
我们青刺龙的胸膛
今天晚上可要恋爱了
就是耶稣那老头子也没话可说了

船长盗卖了我们很多春天

把城市的每条街道注满啤酒
用古怪的口哨的带子
捆着羞怯的小鸽子们的翅膀
在一些肮脏的巷子里
——就是这么一种哲学

把所有的布匹烧掉
把木工、锻铁匠、油漆匠赶走
　　（凡一切可能制造船的东西！）
并且找一双涂蔻丹的指甲
把船长航海的心杀死
——就是这么一种哲学

船长盗卖了我们很多春天

快快狂饮这些爱情
像雄牛那样
如果在过去那些失去泥土的夜晚
我们一定会反刍这些爱情
像雄牛那样

女人这植物
就是种在甲板上也生不出芽来
而这儿是泥土，这儿出产她们，这儿是泥土
女人这植物

船长盗卖了我们很多春天

用法兰西鞋把春天狠狠地踩着

我们站着，这儿是泥土，我们站着

一九五七年十二月三十日

酒吧的午后

我们就在这里杀死
杀死整个下午的苍白
双脚蹂躏瓷砖上的波斯花园
我的朋友,他把栗子壳
睡在一个无名公主的脸上

窗帘上绣着中国塔
一些七品官走过玉砌的小桥
议论着清代,或是唐代
他们的朝笏总是遮着
另外一部分的灵魂

忽然我们好像
好像认可了一点点的春天
虽然女子们并不等于春天
不等于人工的纸花和隔夜的残脂
如果你用手指证实过那些假乳
用舌尖找寻过一堆金牙

而我们大口喝着菊花茶
（不管那采菊的人是谁）
狂抽着廉价烟草的晕眩
说很多大家闺秀们的坏话
复杀死今天下午所有的苍白
以及明天下午一部分的苍白
是的，明天下午
鞋子势必还把我们运到这里

一九五八年二月四日

苦苓林的一夜

小母亲，燃这些茴香草罢
小母亲，把你的血给我罢

让我也做一个夜晚的你
当露珠在窗口嘶喊
耶稣便看不见我们
我就用头发
盖着，盖着你底裸体
像衣裳，使你不再受苦

且也嫉妒着
且也喃喃着
——关于别的草儿
当黄昏星乍现
滋生在街灯下
            阻拦行人的
喧哦的草儿
那种危险的感觉
就是带刈草机也不要去的

那种感觉的危险

就这样
在双枕的山岬间
犹似两只晒凉的海兽
让灵魂在舌尖上
缠着，绞着，黏着
以毒液使彼此死亡
　　（等天亮了，我们便再也听不到
　　　房东太太的楼梯响………）

然后就走，顺着河
用鸭舌帽把耳环遮起
像一个弟弟
带我去看潮，看花
然后再走，顺着河
越过这夜，这星
这黑色的美
越过这床单
床单原是我们底国
小母亲，把我的名字给你罢
小母亲，把你的名字给我罢

一九五八年五月四日

远洋感觉

哗变的海举起白旗
茫茫的天边线直立，倒垂
风雨里海鸥凄啼着
掠过船首神像的盲睛
（它们的翅膀是湿的，咸的）

晕眩藏于舱厅的食盘
藏于菠萝蜜和鲟鱼
藏于女性旅客褪色的口唇

时间
钟摆。秋千
木马。摇篮
时间

脑浆的流动，颠倒
搅动一些双脚接触泥土时代的残忆
残忆，残忆的流动和颠倒

通风圆窗里海的直径倾斜着

又是饮咖啡的时候了

一九五七年八月十四日

死亡航行

夜。礁区
死亡航行十三日

灯号说着不吉利的坏话
钟响着

乘客们萎缩的灵魂
瘦小的苔藓般的
胆怯地寄生在
老旧的海图上，探海锤上
以及船长的圆规上

钟响着

桅杆晃动
那锈了的风信鸡
啄食着星的残粒

而当晕眩者的晚祷词扭曲着

名 家 诗 歌 典 藏

桥牌上孪生国王的眼睛寂寥着
镇静剂也许比耶稣还要好一点吧

一九五七年八月十五日

船中之鼠

看到吕宋西岸的灯火
就想起住在那儿的灰色哥儿们
在愉快的磨牙齿

马尼拉，有很多面包店
那是一九五四年
曾有一个黑女孩
用一朵吻换取半枚胡桃核
她现在就住在帆缆舱里
带着孩子们
枕着海流做梦
她不爱女红

中国船长并不赞成那婚礼
虽然我答应不再咬他的洋服口袋
和他那些红脊背的航海书

妻总说那次狂奔是明智的
也许猫的恐惧是远了

我说，那更糟
有一些礁区
我们知道
而船长不知道

当然，我们用不着管明天的风信旗
今天能够磨磨牙齿总是好的。

一九五七年八月十二日北吕宋

断柱集

断　柱　集

在中国街上

梦和月光的吸墨纸
诗人穿灯草绒的衣服
公用电话接不到女娲那里去
思想走着甲骨文的路
陪缪斯吃鼎中煮熟的小麦
三明治和牛排遂寂寥了
诗人穿灯草绒的衣服
尘埃中黄帝喊
无轨电车使我们的凤辇锈了
既然有煤气灯，霓虹灯
我们的老太阳便不再借给他们使用
且回忆和蚩尤的那场鏖战
且回忆嫘祖美丽的缫丝歌
且回忆诗人不穿灯草绒的衣服

没有议会也没有发生过什么事情
仲尼也没有考虑到李耳的版税
飞机呼啸着掠过一排烟柳
学潮冲激着剥蚀的宫墙

没有咖啡，李太白居然能写诗，且不闹革命
更甭说灯草绒的衣服
惠特曼的集子竟不从敦煌来
大邮船说四海以外还有四海
地下道的乞儿伸出黑钵
水手和穿得很少的女子调情
以及向左：交通红灯，向右：交通红灯
以及诗人穿灯草绒的衣服

金鸡纳的广告贴在神农氏的脸上
春天一来就争论星际旅行
汽笛绞杀工人，民主小册子，巴士站，律师，电椅
在城门上找不到示众的首级
伏羲的八卦也没赶上诺贝尔奖金
曲阜县的紫柏要作铁路枕木
要穿就穿灯草绒的衣服
梦和月光的吸墨纸
诗人穿灯草绒的衣服
人家说根本没有龙这种生物
且陪缪斯吃鼎中煮熟的小麦
且思想走着甲骨文的路
且等待性感电影的散场
且穿灯草绒的衣服

一九五八年十一月

巴比伦

车前草汁洗公主的头发
银绞链系鹦鹉于栖木上
放金鸡于宫殿的冷瓦
白豹皮铺满大理石的廊庑
  我是一个黑皮肤的女奴

马蹄锤醒边陲的焦土
听远远姊妹诸邦的幽怨
浮雕上禁锢一些盲目的战俘
在冬夕用盾牌挡着茫茫的风沙
  我是一个滴血的士卒

洒葡萄酒于枣木的断头台
用金币填满乞丐们的铁钵
添油膏于诸神庙里的铜灯
燃火把于天象台呼唤迷途的天鹅座
  我是一个白发的祭司

王子摇棕榈叶于峭瘦的双肩

石砌的长巷落下带血的趾痕
像羚羊正渴望着清凉的水湄
轿子正从一座喷泉旁走过
　　我是一个吆喝的轿夫

所有的哭泣要等明天再说
今天我们必须工作

　　　　　　　　　一九五七年一月十八日

巴　黎

奈何奈蔼？关于床我将对你说什么呢？

——A·纪德

你唇间轻轻的丝绒鞋
践踏过我的眼睛。在黄昏，黄昏六点钟
当一颗陨星把我击昏，巴黎便进入
一个猥琐的属于床笫的年代

在晚报与星空之间
有人溅血在草上
在屋顶与露水之间
迷迭香于子宫开放中

你是一个谷
你是一朵看起来很好的山花
你是一枚馅饼，颤抖于病鼠色
胆小而窸窣的偷嚼间

一茎草能负载多少真理？上帝
当眼睛习惯于午夜的罂粟
以及鞋底的丝质的天空；当血管如菟丝子
从你膝间向南方缠绕

去年的雪可曾记得那些粗暴的脚印？上帝
当一个婴儿用渺茫的凄啼诅咒脐带
当明年他蒙着脸穿过圣母院
向那并不给他什么的，猥琐的，床笫的年代

你是一条河
你是一茎草
你是任何脚印都不记得的，去年的雪
你是芬芳，芬芳的鞋子

在塞纳河与推理之间
谁在选择死亡
在绝望与巴黎之间
唯铁塔支持天堂

一九五八年七月三十日

伦　敦

我是如此厌倦猛烈的女人们了，
跳着一定被人所爱，
当无丝毫的爱在他们心中。

——D. H. 劳伦斯

弗琴尼亚啊
在夜晚，在西敏寺的后边
当灰鸽们剥啄那口裂钟
我乃被你凶残的温柔所惊醒

想这时费兹洛方场上
一盏煤气灯正忍受黑夜
乞丐在廊下，星星在天外
菊在窗口，剑在古代

我的弗琴尼亚是在床上
咀嚼一个人的胡子
当手镯碎落，楠木呻吟

席褥间有着小小的地震

你的发是非洲刚果地方
一条可怖的支流
你的臂有一种磁场般的执拗
你的眼如腐叶，你的血没有衣裳

而当跣足的耶稣穿过浓雾
去典当他唯一的血袍
我再也抓不紧别的东西
除了你茶色的双乳

这是夜，在泰晤士河下游
你唇间的刺蘼花犹埋怨于胆怯的采摘
乞丐在廊下，星星在天外
菊在窗口，剑在古代

弗琴尼亚啊，六点以前我们将死去
当整个伦敦躲在假发下
等待黑奴的食盘
用辨士播种也可收获麦子

一九五八年十一月十八日

068

芝加哥

铁肩的都市
他们告诉我你是淫邪的
——G. 桑德堡

在芝加哥我们将用按钮恋爱，乘机器鸟踏青
自广告牌上采雏菊，在铁路桥下
铺设凄凉的文化

从七号街往南
我知道有一则方程式藏在你发间
出租汽车捕获上帝的星光
张开双臂呼吸数学的芬芳

当秋天所有的美丽被电解
煤油与你的放荡紧紧胶着
我的心遂还原为
鼓风炉中的一支哀歌

有时候在黄昏

胆小的天使扑翅逡巡
但他们的嫩手终为电缆折断
在烟囱与烟囱之间

犹在中国的芙蓉花外
独个儿吹着口哨，打着领带
一边想在我的老家乡
该有只狐立在草坡上

于是那夜你便是我的
恰如一只昏眩于煤屑中的蝴蝶
是的，在芝加哥
唯蝴蝶不是钢铁

而当汽笛响着狼狈的腔儿
在公园的人造松下
是谁的丝绒披肩
拯救了这粗糙的，不识字的城市……

在芝加哥我们将用按钮写诗，乘机器鸟看云
自广告牌上刈燕麦，但要想铺设可笑的文化
那得到凄凉的铁路桥下

一九五八年十二月十六日

那不勒斯

——一九四三年所见

被钢铁肢解了的，这城市中
一些石膏做成的女子
不知为什么，她们
总爱那样
微笑
　　甚至整个前额陷在
　　刺靡与瓦砾之间

而当长长的画廊外，
常春藤失去最后的防卫
在重磅烧夷弹的
　　火焰树的尖梢
　　　天使们，惊呼而且
飞起

蜥蜴一般
外国兵士使流行的言语变色
有时候整个意大利

在尼古拉市场的清晨

为一罐青豆而争吵

孩子们，很多

没有姓氏

嬉戏于轰炸后的街道上

似一株茶梨树

在圣玛丽亚的椅子下面生长

也发芽，也开看起来很苦的花

　　　但不知为谁种植

他们的小手甚至握不住

去年夏天所发生的事

以及今年夏天所发生的事

在钢骨水泥比晚祷词还重要的年代

越过炮衣的鼠灰色，神将瞧见

孩子们可能的父亲，垂着头

　　　（忽然失去了他们底国家应有的英名）

第二天他们又将

被放出去毁坏一切

那些包裹在丝绸衫中

　　　用银匙敲击杯沿呼唤黑仆的

为鼻烟弄苍白了的生涯

神将瞧见，他们
以枪刺在自己影子上
划着十字。划着那不勒斯
比毒玫瑰更坏的
更坏的未来

一九五九年五月十日

印 度

马额马呵
用你的袈裟包裹着初生的婴儿
用你的胸怀作他们暖暖的芬芳的摇篮
使那些嫩嫩的小手触到你峥嵘的前额
以及你细草般庄严的胡髭
让他们在哭声中呼喊着马额马呵

令他们摆脱那子宫般的黑暗，马额马呵
以湿润的头发昂向喜马拉雅峰顶的晴空
看到那太阳像宇宙大脑的一点磷火
自孟加拉幽冷的海湾上升
看到珈蓝鸟在寺院
看到火鸡在女郎们汲水的井湄
让他们用小手在褓裸中画着马额马呵

马额马，让他们像小白桦一般的长大
在他们美丽的眼睫下放上很多春天
给他们樱草花，使他们嗅到郁郁的泥香
落下柿子自那柿子树

落下苹果自那苹果树

一如从你心中落下众多的祝福

让他们在吠陀经上找到马额马呵

马额马呵，静默日来了

让他们到草原去，给他们神圣的饥饿

让他们到暗室里，给他们纺锤去纺织自己的衣裳

到象背上去，去奏那牧笛，奏你光辉的昔日

到仓房去，睡在麦子上感觉收获的香味

到恒河去，去呼唤南风喂饱蝴蝶帆

马额马呵，静默日是你的

让他们到远方去，留下印度，静默日和你

夏天来了呵，马额马

你的袍影在菩提树下游戏

印度的太阳是你的大香炉

印度的草野是你的大蒲团

你心里有很多梵，很多涅槃

很多曲调，很多声响

让他们在罗摩耶那的长卷中写上马额马呵

杨柳们流了很多汁液，果子们亦已成熟

让他们感觉到爱情，那小小的苦痛

马额马呵，以你的歌作姑娘们花嫁的面幕

藏起一对美丽的青杏，在缀满金银花的发髻
并且围起野火，诵经，行七步礼
当夜晚以槟榔涂她们的双唇
凤仙花汁擦红他们的足趾
以雪色乳汁沐浴她们花一般的身体
马额马呵，愿你陪新娘坐在轿子里

衰老的年月你也要来呵，马额马
当那乘凉的响尾蛇在他们的墓碑旁
哭泣一支跌碎的魔笛
白孔雀们都静静地夭亡了
恒河也将闪着古铜色的泪光
他们将像今春开过的花朵，今夏唱过的歌鸟
把严冬，化为一片可怕的宁静
在圆寂中也思念着马额马呵

※印人称甘地为马额马，意为"印度的大灵魂"。

一九五七年一月三十日

侧 面

侧 面

剖

——序诗

有那么一个人

他真的瘦得跟耶稣一样。

他渴望有人能狠狠的钉他，

（或将因此而出名）

有血溅在他的袍子上，

有荆冠——那怕是用纸糊成——

落在他为市嚣狎戏过的

伧俗的额上。

但白杨的价格昂贵起来了！

钢钉钻进摩天大厦，

人们也差不乡完全失去了那种兴致，

再去做法利赛们

或圣西门那样的人，

唾咒语在他不怎么太挺的鼻子上，

或替他背负

第二支可笑的十字架。

有那么一个人

太阳落后就想这些。

一九五八年三月二十一日

C 教授

到六月他的白色硬领仍将继续支撑他底古典
每个早晨，以大战前的姿态打着领结
然后是手杖，鼻烟壶，然后外出
穿过校园时依旧萌起早岁那种
成为一尊雕像的欲望

而吃菠菜是无用的
云的那边早经证实什么也没有
当全部黑暗俯下身来搜查一盏灯
他说他有一个巨大的脸
在晚夜，以繁星组成

一九六〇年八月二十六日

水 夫

他拉紧盐渍的绳索
他爬上高高的桅杆
到晚上他把他想心事的头
垂在甲板上有月光的地方

而地球是圆的

他妹子从烟花院里老远捎信给他
而他把她的小名连同一朵雏菊刺在臂上
当微雨中风在摇灯塔后边的白杨树
街坊上有支歌是关于他的

而地球是圆的
海呵，这一切封你都是愚行

一九六〇年八月二十六日

上 校

那纯粹是另一种玫瑰

自火焰中诞生

在荞麦田里他们遇见最大的会战

而他的一条腿诀别于一九四三年

他曾听到过历史和笑

什么是不朽呢

咳嗽药刮脸刀上月房租如此等等

而在妻的缝纫机的零星战斗下

他觉得唯一能俘虏他的

便是太阳

一九六〇年八月二十六日

修 女

且总觉有些什么正在远远地喊她
在这鲭鱼色的下午
当拨尽一串念珠之后
总觉有些什么

而海是在渡船场的那一边
这是下午，她坐着
兵营里的喇叭总这个样子的吹着
她坐着

今夜或将有风，墙外有曼陀铃
幽幽怨怨地一路弹过去——
一本书上曾经这样写过的吧
那主角后来怎样了呢

暗忖着。遂因此分心了……
闭上眼依靠一分钟的夜
顺手将钢琴上的康乃馨挪开

因它使她心痛

　　　　　　　　　一九六〇年八月二十六日

坤 伶

十六岁她的名字便流落在城里
一种凄然的韵律

那杏仁色的双臂应由宦官来守卫
小小的髻儿啊清朝人为他心碎

是玉堂春吧
(夜夜满园子嗑瓜子儿的脸!)
"哭啊……"
双手放在枷里的她

有人说
在佳木斯曾跟一个白俄军官混过

一种凄然的韵律
每个妇人诅咒她在每个城里

一九六〇年八月二十六日

名家诗歌典藏

马戏的小丑

　　就打这样的红领结
在黑色的忍冬花下
斑马呵，我的小亲亲
在可笑的无花果树下
我的童年的那些
在地球和钟表的那一边

　　明天要到那儿去
在篷布的难忍的花纹下
就打这样的红领结
发酵的鼻子
第二面脸孔
明天要到那儿去

　　在纯粹悲哀的草帽下
仕女们笑着
颤动着折扇上的中国塔
仕女们笑着
笑我在长颈鹿与羚羊间

夹杂的那些什么

　　而她仍荡在秋千上
在患盲肠炎的绳索下
看我像一枚阴郁的钉子
仍会跟走索的人亲嘴
仍落下
仍拒绝我的一丁点儿春天

　　在黑色的忍冬花下
豹呵，我的小亲亲
月光穿过铁栅
把格子绒披在你的身上
在可笑的无花果树下
就打这样的红领结

　　　　　　　　一九五八年二月七日

弃　妇

被花朵击伤的女子
春天不是她真正的敌人

她底裙再不能构成
一个美丽的晕眩的圆
她的发的黑夜
也不能使那个无灯的少年迷失
她的年代的河倒流
她已不是今年春天的女子

琵琶从那人的手中拾起
迅即碎落，落入一片凄寂
情感的盗贼，逃亡
男性的磁场已不是北方

她已不再是
今年春天的女子
她恨听自己的血
滴在那人的名字上的声音

更恨祈祷

因耶稣也是男子

一九五八年一月八日

疯 妇

——可怜的蔷薇坐在路上，
又开始嚼她的鞋子。

你们再笑我便把大街举起来
举向那警察管不住的，笛子吹不到的
户籍混乱的星空去
笑，笑，再笑，再笑
玛丽亚会把虹打成结吊死你们

在愤怒的摩西像前，我坐着
全非洲的激流藏在我的发间
我坐着。任热风吹我
任市声把我赤露的双乳磨圆
我坐着。玛丽亚走来认领我
跟她前去。我是正经的女子

我的眉为古代而皱着
正经的皱着
我不是现在这个名字

父亲因雅典战死，留下那灰发的女儿
是的，你们笑，该笑。我就是那女儿
我不是现在这个名字

谁叫你把藕色的衫儿撕破，把赤裸
分给相好与不相好的男子
穿窄窄的法兰绒长裤的男子
打网球的男子，吻过就忘的男子
负心的男子。只是玛丽亚，你不知道
我真发愁灵魂究竟给谁才好

玛丽亚，为什么你要我继续作这个蓓薇
为什么我一定得是这个蓓薇
蓓薇！蓓薇哪件衣服不称他的心
餐桌布是白底红格子的
金鱼缸是换过水的
玛丽亚，把蓓薇棕色的瞳仁摘下
跟那个下贱的女人比比罢

同你们一样，在早晨七点钟
我也能看见下坠的夕阳
而我更爱你们的眼睛，这样子围着我
围成一座小小的眼睛的城
一座闪烁的眼睛的宅第，眼睛的家

于是我说：睡罢，睡罢，玛丽亚

一个眼睛给我一朵花
一个眼睛给我一支蜡烛
一个眼睛给我一张苔藓的小床
一个眼睛走来胳肢我，而我不笑
我知道我是谁，我是——
我是一只鸟，或者
或者碰巧我是一双鞋子

一九五九年五月三十日

卷　六

徒然草

徒 然 草

给 桥

常喜欢你这样子
坐着，散起头发，弹一些些的杜步西
在折断了的牛蒡上
在河里的云上
天蓝着汉代的蓝
基督温柔古昔的温柔
在水磨的远处在雀声下
在靠近五月的时候
（让他们喊他们的酢浆草万岁）

整整的一生是多么地、多么地长呵
纵有某种诅咒久久停在
竖笛和低音箫们那里
而从朝至暮念着他、惦着他是多么地美丽

想着，生活着，偶尔也微笑着
既不快活也不不快活
有一些什么在你头上飞翔
或许
从没一些什么

美丽的禾束时时配置在田地上
他总吻在他喜欢吻的地方
可曾瞧见阵雨打湿了树叶与草么
要作草与叶
或是作阵雨
随你的意

（让他们喊他们的酢浆草万岁）

下午总爱吟那阕"声声慢"
修着指甲，坐着饮茶
整整的一生是多么长呵
在过去岁月的额上
在疲倦的语字间
整整一生是多么长呵
在一支歌的击打下
在悔恨里

任谁也不说那样的话
那样的话，那样的呢
遂心乱了，遂失落了
远远地，远远远远地

一九六三年十月

给 R. G

在水滨有很多厚嘴唇的妇女。
她们用可能分到的色彩
争吵着。而秋日推开钟面去另辟光荣，
自她们阴郁的发中。

此一无目的之微笑继续升高而停止了星星。

瓜果是摆在
构成的那一边。
这是午后的光的难忍的纠缠。
一只脚安排在野茴香上，另只脚
自河里窜落。

四壁间种植着眼睛，
一种闪光的田亩。
而剩下的半首歌仍噙在
斜倚着的
竖笛那里。

旧白的肉被逼作最初的顺从，
在仅仅属于一扇窗的
长方形的夜中。
那是漂亮的男子。漂亮的 R·G

美好的日子，朋友了无顾虑。
而死亡并非括弧，
那是漂亮的男子 R·G

一九五九年八月

纪念 T. H

他们来时那件事差不多已经完全构成
是以他们就为他擦洗身子
为他换上新的衣裳
为他解除种种的化学上之努力
　月光照耀

　　河水奔流——

　　窗槛上几只药钵还有一些家具

　　　一辆汽车驰过　　一个卖铃兰的叫喊

　　　并无天使
他们把他抬出来往外走
他们穿过桥并把他放在巷子里
一个女人走过来哭而另一个开始摇他
　　阿尔及利亚沙漠之黄与亚得里亚海水之绿
　　米兰附近有伟大之风景
　　春天的杏树还有明年的诸种瘟疫
　　　而时间已嫌太迟

　　　在一堆发黄了的病历卡中
　　　在一声比丝还纤细的喊声下

背向世界的

一张脸

作高速度降落

一九六三年十月十四日

焚寄 T. H

诗人，我不知你是如何
找到他们的
在那些重重叠叠的死者与
死者们中间
你石灰质的脸孔参加了哪一方面的自然？
星与夜
鸟或者人
在叶子
在雨
在远远的捕鲸船上
在一〇四病室深陷的被褥间
迟迟收回的晨曦？

老屋后面岗子上每晚有不朽的蟋蟀之歌
春天走过树枝成为
另一种样子
自一切眼波的深处
白山茶盛开
这里以及那里

他们的指尖齐向你致候

他们呼吸着

你剩下的良夜

灯火

以及告别

而这一切都已完成了

奇妙的日子，从黑色中开始

妇女们跳过

你植物地下茎的

缓缓的脉搏

看见一方黏土的

低低的天

在陶俑和水瓮子的背后

突然丧失了

一切的美颜

至于诗这傻事就是那样子且你已看见了它的实体；

在我们贫瘠的飧桌上

热切地吮吸一根剔净了的骨头

——那最精巧的字句？

当你的嘴为未知张着

你的诗

在每一种的赞美下

抛开你独自生活着

而你的手

为以后的他们的岁月深深战栗了

一九六四年九月

唇

——纪念 Y·H

厚厚的

不曾扯过谎的

嘴唇

说过很多童话的

嘴唇

被一个可爱的女孩拒吻的

嘴唇

　玫瑰一样悲哀的

悲哀的嘴唇啊

我们将去吻你

虽然我们

很多人

并不认识你

我们将去吻你

寂寞的，个性的

　玫瑰一样悲哀的

　　悲哀的嘴唇啊

并且给你

一小朵花

一点点酒

和全部的春天

并且

带一群乡下穷人的孩子们

放风筝给你看

并且

要他们啃过窝窝头的嘴唇

轮流地吻你

冰冷的，被杀死的

　玫瑰一样悲哀的

　　悲哀的嘴唇啊

一九五八年二月二十二日，左营

从感觉出发

从 感 觉 出 发

出 发

我们已经开了船。在黄铜色的
朽或不朽的太阳下，
在根本没有所谓天使的风中，
海，蓝给它自己看。

齿隙间紧咬这
樯缆的影子
到舵尾去看水旋中我们的十七岁。
且步完甲板上叹息的长度；在去日的
她用她底微笑为我铺就的毡上，
坐着，默想一个下午。

在哈瓦那今夜将举行某种暗杀！恫吓在
找寻门牌号码。灰蝠子绕着市政府的后廊飞
钢琴哀丽地旋出一把黑伞。

（多么可怜！她的睡眠，
在菊苣和野山楂之间。）

他们有着比最大集市还拥挤的

　　脸的日子

　　邮差的日子

　　街的日子

　　绝望和绝望和绝望的日子。

在那浩大的，终归沉没的泥土的船上

他们喧哎，用失去推理的眼睛的声音

他们握紧自己苎麻质的神经系统，而忘记了剪刀……

他们是

如此恰切地承受了

这个悲剧。

这使我欢愉。

我站在左舷，把领带交给风并且微笑。

一九五九年七月

如歌的行板

温柔之必要
肯定之必要
一点点酒和木樨花之必要
正正经经看一名女子走过之必要
君非海明威此一起码认识之必要
欧战、雨、加农炮、天气与红十字会之必要
散步之必要
遛狗之必要
薄荷茶之必要
每晚七点钟自证券交易所彼端

草一般飘起来的谣言之必要。旋转玻璃门
之必要。盘尼西林之必要。暗杀之必要。晚报之必要
穿法兰绒长裤之必要。马票之必要
姑母遗产继承之必要
阳台、海、微笑之必要
懒洋洋之必要

而既被目为一条河总得继续流下去的

世界老这样总这样：——
观音在远远的山上
罂粟在罂粟的田里

一九六四年四月

下　午

我等或将不致太辉煌亦未可知
水葫芦花和山茱萸依然坚持
去年的调子
无须更远的探讯
莎孚就供职在
对街的那家面包房里
　　　　这么着就下午了
辉煌不起来的我等笑着发愁
在电杆木下死着
昨天的一些
未完工的死

（在帘子的后面奴想你奴想你在青石铺路的城里）

无所谓更大的玩笑
铁道旁有见人伸手的悠里息斯
随便选一种危险给上帝吧
要是碰巧你醒在错误的夜间
发现真理在

伤口的那一边

要是整门的加农炮沉向沙里

(奴想你在绸缎在玛瑙在晚香玉在谣曲的灰与红之间)

红夹克的男孩有一张很帅的脸

在球场上一个人投着篮子

鸽子在市政厅后边筑巢

河水流它自己的

　　　　　这么着就下午了

说得定什么也没有发生

每颗头颅分别忘记着一些事情

(轻轻思量，美丽的咸阳)

零时三刻一个淹死人的衣服自海里漂回

而抱她上床犹甚于

希腊之挖掘

在电单车的马达声消失了之后

伊壁鸠鲁学派开始歌唱

——墓中的牙齿能回答这些吗

星期一，星期二，星期三，所有的日子？

一九六四年四月

非策划性的夜曲

四点钟他的表停了
世界在头发下
枕的姿容憔悴
他刚刚比武回来
在羊皮纸上记载着的
死了千年的小街上
一少年把他的剑和名字全给忘了
放浪得美丽
陶皿上的腓尼基
一辆 DODGE 驶过，一颗星
斜向头后广告而另一颗始终停在那里

夜在黑人的额与朱古力之间
黎明还没有到来
雨伞丢弃各处
月光老去而市场沉睡
房屋的心自有其作为房屋的悲苦
很多等候在等
久久望着

来时的路

死者的玻璃眼珠

灯火总会被继承下去的

基督的马躺在地下室里

你是在你自己的城里

在好一阵的咳嗽之后所谓的第二日来临

照相馆老板开门

树叶子闪光

一架低飞的飞机的

推进器的声音

一九六四年五月

名家诗歌典藏

夜 曲

无论如何以后的日子得撒给那些老鼠。

星期五。一块天灵盖被钉在火烧后的墙上，

女仆们隔夜的埋怨

菌子般，沮丧地

沿弃置的餐碟茁生

而在非洲有很多毒玫瑰惊呼着飞起

而我的瞳仁急欲挣脱我

去加入起重机和它们钢色的冷冷的叫喊。

（钟鸣七句时曾一度想到耶稣）

到那时城市搭月光的梯子到达

仙人掌之上。

旗们都忍住不笑出声来

每扇窗反刍它们嵌过的面貌

而一枚鞋钉又不知被谁踩进我脑中。

不一会汽笛响，工人下班，那女的回家，上电梯……

她的假牙和欲望是紧紧握在手里。

当电吉他开始扯着谎。
我们终于坐在沙发上，
在晚报上的那条河中
以眼睛
把死者捞起。

一九五九年八月

庭　院

无人能挽救他于发电厂的后边
于妻，于风，于晚餐后之喋喋
于秋日长满狗尾草的院子

无人能挽救他于下班之后
于妹妹的来信，于丝绒披肩，于 Cold Gream
于斜靠廊下搓脸的全部扭曲之中

并无意领兵攻打匈牙利
抑或赶一个晚上写一叠红皮小册子
在黑夜与黎明焊接的那当口
亦从未想及所谓之"也许"

所以海哟，睡罢

若是她突然哭了
若是她坚持说那样子是不好的
若是她又提起早年与他表兄的事
你就睡吧，睡你的罢

浑圆的海哟

一九六四年十月

复活节

她沿着德惠街向南走
九月之后她似乎很不欢喜
战前她爱过一个人
其余的情形就不大熟悉

或河或星或夜晚
或花束或吉他或春天
或不知该谁负责的、不十分确定的某种过错
或别的一些什么

——而这些差不多无法构成一首歌曲
虽则她正沿着德惠街向南走
且偶然也抬头
看那成排的牙膏广告一眼

一九六五年五月

一般之歌

铁蒺藜那厢是国民小学，再远一些是锯木厂
隔壁是苏阿姨的园子；种着莴苣，玉蜀黍
三棵枫树左边还有一些别的
再下去是邮政局，网球场，而一直向西则是车站
至于云现在是飘在晒着的衣物之上
至于悲哀或正躲在靠近铁道的什么地方
总是这个样子的
五月已至
而安安静静接受这些不许吵闹

五时三刻一列货车驶过
河在桥墩下打了个美丽的结又去远了
当草与草从此地出发去占领远处的那座坟场
死人们从不东张西望
而主要的是
那边露台上
一个男孩在吃着桃子
五月已至
不管永恒在谁家梁上做巢

安安静静接受这些不许吵闹

一九六五年四月

深　渊

　　我要生存，除此无他；同时我发现了它的不快。

　　　　　　　　　　　　　　　——沙特

孩子们常在你发茨间迷失。
春天最初的激流，藏在你荒芜的瞳孔背后。
一部分岁月呼喊着。肉体展开黑夜的节庆。
在有毒的月光中，在血的三角洲，
所有的灵魂蛇立起来，扑向一个垂在十字架上的
憔悴的额头。

这是荒诞的；在西班牙
人们连一枚下等的婚饼也不投给他！
而我们为一切服丧。花费一个早晨去摸他的衣角。
后来他的名字便写在风上，写在旗上。
后来他便抛给我们
他吃剩下来的生活。

去看，去假装发愁，去闻时间的腐味。
我们再也懒于知道，我们是谁。

工作，散步，向坏人致敬，微笑和不朽。
他们是握紧格言的人！
这是日子的颜面；所有的疮口呻吟，裙子下藏满病菌。
都会，天秤，纸的月亮，电杆木的言语，
（今天的告示贴在昨天的告示上。）
冷血的太阳不时发着颤，
在两个夜夹着的
苍白的深渊之间。

岁月，猫脸的岁月，
岁月，紧贴在手腕上，打着旗语的岁月。
在鼠哭的夜晚，早已被杀的人再被杀掉。
他们用墓草打着领结，把齿缝间的主祷文嚼烂。
没有头颅真会上升，在众星之中，
在灿烂的血中洗他的荆冠，
当一年五季的第十三月，天堂是在下面。

而我们为去年的灯蛾立碑。我们活着。
我们用铁丝网煮熟麦子。我们活着。
穿过广告牌悲哀的韵律，穿过水门汀肮脏的阴影，
穿过从肋骨的牢狱中释放的灵魂，
哈里路亚！我们活着。走路、咳嗽、辩论，
厚着脸皮占地球的一部分。
没有什么现在正在死去，

今天的云抄袭昨天的云。

在三月我听到樱桃的吆喝。
很多舌头，摇出了春天的堕落。而青蝇在啃她的脸，
旗袍叉从某种小腿间摆荡；且渴望人去读她，
去进入她体内工作。而除了死与这个，
没有什么是一定的。生存是风，生存是打谷场的声音，
生存是，向她们——爱被人胳肢的——
倒出整个夏季的欲望。

在夜晚床在各处深深陷落。一种走在碎玻璃上
害热病的光底声响。一种被逼迫的农具的盲乱的耕作。
一种桃色的肉之翻译，一种用吻拼成的
可怖的言语：一种血与血的初识，一种火焰，一种疲倦！
一种猛力堆开她的姿态。
在夜晚，在那波里床在各处陷落。

在我影子的尽头坐着一个女人。她哭泣，
婴儿在蛇莓子与虎耳草之间埋下……
第二天我们又同去看云、发笑、饮梅子汁，
在舞池中把剩下的人格跳尽。
哈里路亚！我仍活着。双肩抬着头，
抬着存在与不存在，
抬着一副穿裤子的脸。

下回不知轮到谁；许是教堂鼠，许是天色。

我们是远远地告别了久久痛恨的脐带。

接吻挂在嘴上，宗教印在脸上，

我们背负着各人的棺盖闲荡！

而你是风、是鸟、是天色、是没有出口的河。

是站起来的尸灰，是未埋葬的死。

没有人把我们拔出地球以外去。闭上双眼去看生活。

耶稣，你可听见他脑中林莽茁长的喃喃之声？

有人在甜菜田下面敲打，有人在桃金娘下……

当一些颜面像蜥蜴般变色，激流怎能为

倒影造像？当他们的眼珠黏在

历史最黑的那几页上！

而你不是什么；

不是把手杖击断在时代的脸上，

不是把曙光缠在头上跳舞的人。

在这没有肩膀的城市，你底书第三天便会被捣烂再去作纸。

你以夜色洗脸，你同影子决斗，

你吃遗产、吃妆奁、吃死者们小小的呐喊，

你从屋子里走出来，又走进去，搓着手……

你不是什么。

要怎样才能给跳蚤的腿子加大力量？
在喉管中注射音乐，令盲者饮尽辉芒！
把种子播在掌心，双乳间挤出月光，
——这层层叠叠围你自转的黑夜都有你一份，
妖娆而美丽，她们是你的。
一朵花、一壶酒、一床调笑、一个日期。

这是深渊，在枕褥之间，挽联般苍白。
这是嫩脸蛋的姐儿们，这是窗，这是镜，这是小小的粉盒。
这是笑，这是血，这是待人解开的丝带！
那一夜壁上的玛丽亚像剩下一个空框，她逃走，
找忘川的水去洗涤她听到的羞辱。
而这是老故事，像走马灯；官能，官能，官能！
当早晨我挽着满篮子的罪恶沿街叫卖，
太阳刺麦芒在我眼中。

哈里路亚！我仍活着。
工作，散步，向坏人致敬，微笑和不朽。
为生存而生存，为看云而看云，
厚着脸皮占地球的一部分……
在刚果河边一辆雪橇停在那里；
没有人知道它为何滑得那样远，
没人知道的一辆雪橇停在那里。

一九五九年五月

二十五岁前作品集

二 十 五 岁 前 作 品 集

我是一勺静美的小花朵

在那遥远遥远的从前，
那时天河两岸已是秋天。
我因为偷看人家的吻和眼泪，
有一道银亮的匕首和幽蓝的放逐令在我眼前闪过！
于是我开始从蓝天向人间坠落，坠落，
我是一勺静美的小花朵。

有露水和雪花缀上我的头发，
有天风吹动我轻轻的翅叶，
我越过金色的月牙儿，
又听到了彩虹上悠曼的弦歌………
我从蓝天向人间坠落，坠落，
我是一勺静美的小花朵。

我遇见了哭泣的陨星群，
她们都是天国负罪的灵魂！
我遇见了永远飞不疲惫的鹰隼，
他把大风暴的历险说给我听……
更有数不清的彩云，甘霖在我鬓边擦过，

她们都惊赞我的美丽，
要我乘阳光的金马车转回去。
但是我仍要从蓝天向人间坠落，坠落，
我是一勺静美的小花朵。

不知经过了多少季节，多少年代，
我遥见了人间的苍海和古龙般的山脉，
还有，郁郁的森林，网脉状的河流和道路，
高矗的红色的屋顶，飘着旗的塔尖………
于是，我闭着眼，把一切交给命运，
又悄悄的坠落，坠落，
我是一勺静美的小花朵。

终于，我落在一个女神所乘的贝壳上。
她是一座静静的白色的塑像，
但她却在海波上荡漾！
我开始静下来。
在她足趾间薄薄的泥土里把纤细的须根生长，
我也不凋落，也不结果，
我是一勺静美的小花朵。

夜里我从女神的足趾上向上仰望，
看见她胸脯柔柔的曲线和秀美的鼻梁。
她静静地、默默地，

引我入梦………

于是我不再坠落，不再坠落，

我是一勺静美的小花朵。

一九五三年

地层吟

潜到地层下去吧
这阳光炙得我好痛苦
星丛和月
我不再爱
　　我要去和那冷冷的矿苗们在一
起沉默
和冬眠的蛇、松土的蚯蚓们细吟
让植物的地下茎锁起我的思念
更让昆虫们，鼹们
悄悄地歌着我的没落………
　　但真到那时候
我又要祈望有一条地下泉水了：
要它带着我的故事流到深深的井里
好让那些汲水的村姑们
知道我的消息………

蓝色的井

有一口蓝色的小小的井
在我绿色玻璃垫的草原之彼方

每天我远远地到那儿去汲水
来灌溉那稿纸的纵横的阡陌

而珊珊呀
暖暖呀

你们便是今年春天
开在陌头的白色铃铛花

一九五五年三月《青年战士报》

工厂之歌

啊啊，神祇的铜像倒下去了呀！
看呀，人类向渺茫的大自然借着热，借着能，
借着浑然的力………
并不曾念诵着神祇们的墓志铭
去祈求一片马铃薯或一只火鸡的祝福，
啊啊，新的权威便树立起来了！

啊啊，诞生！诞生！
轰响与撞击呀，疾转和滚动呀，
速率呀，振幅呀，融解和化合呀，破坏或建设的奥秘呀，
重量呀，钢的歌，铁的话，和一切金属的市声呀，
烟囱披着魔女黑发般的雾，密密地
缠着月亮和星辰了……
啊啊，神死了！新的神坐在锅炉里
狞笑着，嘲弄着，
穿着火焰的飘闪的长裙……
啊啊，艺术死了！
新的艺术抱着老去的艺术之尸
（那是工人们在火门边画着玩的一尾小鲫鱼）

坐在烟囱的防空色上

斑斓的，如一眼镜蛇的衣……

哲学，哲学呀，

在雄立着"工矿警察"的门口探一探头，

鼠一般的溜走了。

啊啊，新的威权呀，永远可以看得清楚面谱的上帝呀，

和大自然携着手，舞蹈而且放歌吧！

在一万个接着一万个的丰收季

过着狂欢节，

举行着大火之祭。

一九五五年春　现代诗

瓶

我的心灵是一只古老的瓶；
只装泪水，不装笑涡。
只装痛苦，不装爱情。

如一个旷古的鹤般的圣者，
我不爱花香，也不爱鸟鸣，
只是一眼睛的冷默，一灵魂的静。

一天一个少女携我于她秀发的头顶，
她唱着歌儿，穿过带花的草径，
又用纤纤的手指敲着我，向我要爱情！

我说，我本来自那火焰的王国。
但如今我已古老得不能再古老，
我的热情已随着人间的风雪冷掉！

她得不到爱情就嘤嘤地啜泣。
把涩的痛苦和酸的泪水
一滴滴的装入我的心里……

唉唉，我实在已经装了太多太多。

于是，秋天我开始粼粼的龟裂，

冬季便已丁丁的迸破！

一九五五年八月《文艺月报》

鼎

九个狮子头衔着铜环，
十二条眼镜蛇缠绕着腰际，
还有雕镂着的
弹七弦琴的二十八个盲裸女；
我是一座小小的希腊鼎。

古代去远了………
光辉的灵魂已消散。
神祇死了
没有膜拜，没有青烟。

于是我忆起了物质们，矿苗们——
——我的故乡的兄弟姊妹们。
也许如今他们都到鼓风炉里去了；
去赴火焰底歌宴，踊新纪元的狐步……

但我是太老太老的了，
只配在古董店里重温荒芜的梦。
有人说风沙埋没了巴比伦的城堞；

唉唉，我不知道，我不知道。

一九五五年八月 《文艺月报》

葬　曲

啊，我们抬着棺木，
啊，一个灰蝴蝶领路……

啊，你死了的外乡人，
啊，你的葬村已近。

啊，你想歇歇该多好，
啊，从摇篮忙到今朝！

啊，没有墓碑，
啊，种一向日葵。

啊，今夜原野上只有你一人
啊，不要怕，太阳落了还有星辰。

啊，我们的妻子们在远远的喊叫，
啊，我们回去了！我们回去了！

一九五六年《蕉风》一月号

小城之暮

夕阳像一朵大红花，
绣在雉堞的镶边上；
小城的夕暮如锦了。

而在迢迢的城外，
莽莽的林子里，
黑巫婆正在那儿
纺织着夜……

一九五六年四月一日《南北笛》一期

剧场，再会

从一叠叠的风景片里走出来，
从古旧的中国铜锣里走出来，
从蔷薇色大幕的丝绒里走出来，
从储藏着星星、月亮、太阳和闪电的灯光箱里走出来
从油彩盒里，口红盖里，眉笔帽里走出来；

从剧场里走出来。
说：剧场，剧场！再会，再会！

从线装的元曲里走出来，
从洋装的莎氏乐府里走出来，
从残缺不全的亚格曼浓王、蛙、梅浓世家、拉娜里走出来，
从希腊的葡萄季，罗马的狂欢节里走出来；

从剧场里走出来。
说：剧场，剧场！再会，再会！

我的眼睛说：速成的泪水，再会。
我的头颅说：犀牛的假发，染鬓角的炭条，再会。

我的脸庞说：12345 号的油彩，三棱镜，再会。
我的手臂说：伪装的祈祷，假意的求爱，再会。
我的声带说：呜呜拉拉的台词，再会。

观众们，再会，再会！
我曾逗你们笑，笑得像一尊佛。
我曾逗你们哭，哭得像一尾鲛人。
我曾逗你们跳，跳得踩痛了邻座的脚。
你们乐得吹口哨，像一千管风笛的合奏。
你们狂得抛帽子，像十万只鸟雀的惊飞！

如今，我要走了，
我要向你们一个卓别灵企鹅式的姿态，
让你们笑最后一个笑。
我要向你们再报一次"法国菜单"，
让你们哭最后一个哭。

然后，把这笑，这哭
加上美丽的花边
夹在自己心爱的书中当书签。

最后，该到你们了；哥儿们，亲爱的哥儿们！
和我一块儿做过两年玫瑰梦的哥儿们，
一块穿过太阳的金铠甲，月亮的银礼服

一块披过的南风的大斗篷，露水的碎流苏的哥儿们，
一块发过疯，耍过宝，打打闹闹的哥儿们，
一块为了一个女演员，把刀子插在酒店桌子上的哥儿们！

最后，我该向你们说：
再会，再会，

把我的小行李收拾起来吧，
带着米勒的拾穗，罗丹的思想者和巴哈的老唱片，
带着三拍子的曼陀铃，四拍子的五弦琴，
带着大甲草帽，英格兰手刀，
开罐头的匙和治牙疼的药。
做个古代的游唱者，
像个走四方的江湖佬，
像个吉卜西人搬家那样的
收拾起来吧！

再会，再会。
剧场，再会。

莎老头，马罗，再会。
易卜生，奥尼尔，再会。
优孟和唐明皇，再会。
李渔和洪昇，再会。

一千声再会，

一万声再会，

恒河沙数又六次方的再会！

再会，剧场！

剧场，再会！

一九五六年九月《创世纪》七期

短歌集

　　“你的歌声为何如此的短？”一只小鸟一次被人问道；
“是因为你的气短吗？”

　　“我的歌太多了，而我想把这些歌全唱唱。”

——都德

寂　寞

一队队的书籍们

从书斋里跳出来

抖一抖身上的灰尘

自己吟哦给自己听起来了

晒　书

一条美丽的银蠹鱼

从《水经注》里游出来

流　星

提着琉璃宫灯的娇妃们
幽幽地涉过天河
一个名叫彗的姑娘
呀的一声滑倒了

世纪病

匍匐在摩天大厦的阴影下
烧掉爱因斯坦的胡子
痛哭着世纪

神

神孤零零的
坐在教堂的橄榄窗上
因为祭坛被牧师们占去了

一九五七年三月《创世纪》八期

我的灵魂

啊啊，君不见秋天的树叶纷纷落下
我虽浪子，也该找找我的家

那时候
我的灵魂被海伦的织机编成一朵小小的铃铛花
我的灵魂在一面重重的铜质上忍受长剑的击打
我的灵魂燃烧于巴尔那斯诸神的香炉
我的灵魂系于荷马的第七根琴索

我的灵魂
在特类城堞的苔藓里倾听金铃子的怨嗟
在圆形剧场的石凳下面，偷闻希腊少女的裙香
在合唱队群童小溪般的声带中，悄然落泪
在莎福克利斯剧作里，悲悼一位英雄的死亡

啊啊，在演员们辉煌的面具上
且哭且笑。我的灵魂
藏于木马的肚子里
正准备去屠城。我的灵魂

躲在一匹白马的耳朵中

听一排金喇叭的悲鸣。我的灵魂

震动于战车的辐辏上，辘辘挺进

向雅典，向斯巴达，向渺小的诸城邦

战栗于农夫们的葡萄里

遭受荻奥尼赛斯的锤打，怯怯地走进榨床

晃动于大楼船的桨叶上

拨动着爱琴海碎金般的波浪

啊啊，我的灵魂

我的灵魂如今已倦游希腊

我的灵魂必须归家

啊啊，君不见秋天的树叶纷纷落下

我听见我的民族

我的辉煌的民族在远远地喊我哟

黑龙江的浪花在喊我

珠江的藻草在喊我

黄山的古钟在喊我

西蜀栈道上的小毛驴在喊我哟

我的灵魂原来自殷墟的甲骨文

所以我必须归去

我的灵魂原来自九龙鼎的篆烟

所以我必须归去

我的灵魂啊

原本是从敦煌千佛的法掌中逃脱出来

原本是从唐代李思训的金碧山水中走下来

原本是从天坛的飞檐间飞翔出来

啊啊，君不见秋天的树叶纷纷落下

我虽浪子，也该找找我的家

希腊哟，我仅仅住了一夕的客栈哟

我必须向你说再会

我必须重归

我的灵魂要到沧浪去

去洗洗足

去濯濯缨

去饮我的黄骠马

去听听伯牙的琴声

我的灵魂要到汨罗去

去看看我的老师老屈原

问问他认不认得莎弗和但丁

再和他同吟一叶芦苇

同食一角米粽

我的灵魂要到峨嵋去
坐在木鱼里做梦
坐在禅房里喝彩
坐在蒲团上悟出一点道理来

我的灵魂要到长江去
去饮陈子昂的泪水
去送孟浩然至广陵
再逆流而上白帝城
听一听两岸凄厉的猿鸣

啊啊，我的灵魂已倦游希腊
我的灵魂必须归家
君不见秋天的树叶纷纷落下

一九五七年六月六日《创世纪》九期

远洋感觉

当故国的鸥啼转悲，死去。
当船艏切开陌生的波峰和浪谷。
值更水手如果是诗人，
他将看见赤道
像束在地球腰间的
一条绛色的带子。

北吕宋岛上有很多棕色的厚嘴唇的男子
婆罗洲和爪哇的太阳被顶在汲水女的水瓶里
以及西贡，石佛，塔，寺院……
啊啊，东方神秘的夜晚！

值更水手如果是歌者，
他应高唱：《春江花月夜》；
使远远的姊妹诸邦，
感觉到中国。

一九五七年八月十八日吕宋岛

海　妇

帆缆·M说
南中国海
像一个新妇

(那才真叫瞎扯
在蔷薇茶座
我说M，我不信
牧师的瘦十字架
怎会矗立在诡谲的波峰上呢)

她和我们——
戴浪花帽的
蓝色水手们恋爱
并且在我们的胡子里
谱上一支辛咸的歌

那时是夏天
且刚刚渡过LINGAYEN海湾
她和我们亲着又黑又甜的嘴
穿着飘飘的蓝睡鞋

陪我们在甲板上过夜
　　这韵事怕只有猎户星知道

那自然不可能，M 说，
如果你想教她嫁给你
把那丁丁小的列岛
当作妆奁
死心塌地的
陪你到洛阳去

不是她不爱咱洛阳的琉璃瓦
　　嫌石阶太高，青苔太厚
她只是爱像后舱蔬菜那样
　　很快就会枯萎的结婚
　　爱吻我们每个人腮边的胡子

没有婚礼。没有花环
虽然
我们底牧师就在桅杆下面
踱着，看月亮
虽然
我们刺青龙的胸膛上
耶稣呻吟在那里

　　　　　　　　一九五七年八月十日吕宋岛西岸海上

158

庙

耶稣从不到我们的庙里来；秋天他走到宝塔的那一边，听见禅房里的木鱼声，尼姑们的诵经声，以及菩提树喃喃的低吟，掉头就到旷野里去了。

顿觉这是中国，中国底旷野。

他们，耶稣说：他们简直不知道耶路撒冷在那里？法利赛人在他们心中不像匈奴一样。这儿的白杨永远也雕不成一支完美的十字架，虽然——虽然田里的燕麦开同样的花。

整个冬天耶稣回伯利恒睡觉。梦着龙，梦着佛，梦着大秦景教碑，梦着琵琶和荆棘，梦着没有梦的梦，梦着他从不到我们的庙里来。

一九五八年三月二十四日《南北笛》二十五期

协奏曲

在小小的山坡上
一群牛儿在吃草
他们吃着红地丁
他们吃着紫地丁
他们吃着白地丁

在静静的小河滨
小风车们在做梦
他们梦着北风
他们梦着西风
他们梦着南风

在丛丛的林子里
一些情侣在偷吻
他们吻着蔷薇唇
他们吻着玫瑰唇
他们吻着月季唇

在远远的荒冢里

一些亡灵在哭泣

他们哭着我

他们哭着你

他们哭着他们自己……

一九五九年四月十五日《大学生活》四卷十三期

荞麦田

布谷在林子里唱着
俳句般的唱着
那年春天在浅草
艺伎哪，三弦哪，折扇哪
多么快乐的春天哪
（伊在洛阳等着我
在荞麦田里等着我）
　　俳句般的唱着
林子里的布谷

茉莉在公园中开着
点画派般的开着
那年春天在巴黎
塞纳河哪，旧书摊哪，嚣俄哪
多么美丽的春天哪
（伊在洛阳等着我
在荞麦田里等着我）
　　点画派般的开着
　　公园中的茉莉

乌鸦在十字架上栖着

爱伦·坡般的栖着

春天我在坎塔西

红土壤哪，驿马车哪，亡魂谷哪

多么悲哀的春天哪

（伊在洛阳等着我

在荞麦田里等着我）

　　爱伦·坡般的栖着

　　十字架上的乌鸦

　　　　　　　　　　　一九五七年秋天

伞

雨伞和我
和心脏病
和秋天

我擎着我的房子走路
雨们，说一些风凉话
嬉戏在圆圆的屋脊上
没有什么歌子可唱
即使是秋天，
即使是心脏病
也没有什么歌子可唱

两只青蛙
夹在我的破鞋子里
我走一步，它们唱一下

即使是它们唱一下
我也没有什么可唱

我和雨伞

和心脏病

和秋天

和没有什么歌子可唱

写于一九五六年六月

诗集的故事

当那木匠的儿子，那曾经被钉死在十字架上的犹太人，降生后的二千四百五十六年，也就是距离今天太阳出升的时刻五百年后——有一个少年，出版了他的一册抒情诗集。

那时候，人们像秋收后的兔子，每天匆匆忙忙的讨生活。有的人忙着在番石榴中提炼阳光，储存在衣裳的皱褶里，等冬天好用来御寒，或者拿到市场上去卖出令人伸舌头的高价。有的人忙着在白杨树中抽出脂肪，在猪猡的肚子里取出叶绿素。更有人忙着从天空的蓝色中剥削下来珐琅质，用以漆在每一条街道上。

那时候，科学家戴着皇冠坐在宫殿里，军事家作摄政王，数学家组成内阁，化学家任御用厨子，物理学家任御用裁缝。等而下之如原子能学家，氢弹学家，氖弹学家，氩弹学家，氚弹学家，XYZ 弹学家等等，都分别主掌着文化部门的重要职务。

那时候，到处是一片抢夺的"好"风气！火星上的人每年分批到地球上来，偷去他们认为珍奇的东西：波斯的地毯，阿拉伯的香料，夏威夷的椰子壳，日本的纸扇和中国的酱油、臭豆腐之类。地球上的人也不甘示弱，把月亮上的居民（不！应该称土番）用一种超视觉的超听觉的超嗅觉和触觉的强力放射线毒死，然后在那里划租界，设领事的做起殖民官来了。此外，天狼星上，猎户星上，各星座都有地球上的人在统治着，蝟集着。站在喜马拉雅山峰上，一抬头就可以看见他们在那儿晒他们孩子们的尿布。

那时候，世界上所有的雕刻（不管是米开朗基罗或罗丹的），统统集中在一起，砸碎！磨成粉！然后加工制成待级肥料，撒在罂粟花的田里。人们不晓得莎士比亚为何物，有人说是一种老式刮胡子刀片的商标。荷马呢？人们猜测是"幽默"一词的变调。但丁是佛罗棱斯的失恋者，拜伦是个用骷髅壳饮酒的跛子，波特莱尔是个大烟鬼，如是而已。

啊！那时候，就在那个古怪的年代里，我们的少年诗人，自费出版了他那薄薄的小小的美丽的处女作。

不用说，没有人肯为他发行。坊间最畅销的读物是：《月亮外壳之胶着性及其律动》《功利主义之理论及其实践》《犯罪学通论》《最新 SOS 式测谎机制造法》《性生活的面面观》《金星土壤学》等。

我们的诗人把自己的诗背在背上，就像搬家的蜗牛似的，沿街叫卖着。人们穿着印着几何图和数学公式等图案的衣服，匆匆忙忙的，"像秋收后的兔子"似的奔跑着。

他叫卖了整整三年，走了三百个大城市七百个小城市和二千八百五十六个乡村。走着喊着，喊着走着，嗓子也叫哑了，眼球也暴出来了，头发乱得像风信子一样，衣裳破得像蔬菜似的。但是没有任何一个人去买他的诗，无人问津，像中国北方旧历腊月三十卖灶王爷一样。

送给朋友、爱人、老师及社会名流前辈作家的那些书，都纷纷地退回来。有的仅仅退回来诗集的一半；据说人家来了一个"废物利用"，把书从中间一刀切开，空白的半截作记账簿用了。

最后，我们的少年失踪了。某家晚报的社会新闻栏有着这样的报道，说是一个少年精神病患者，死在一棵老菩提树下面，头上枕着一些书册，但已被浊血所污。据检验结果，发现并无遗书，唯该书可能系少年所作，上面写着一些不可思议的类似疯癫的字句。

几天之后，那些书被一个拾荒的孩子捡去，一页页的拆开，论斤的卖到商店里，先后的包了油条、冰糖葫芦、马铃薯、原子乳罩和新型月经带。最后被带到每个地方去，秋风把它们一页页卷起来。

其中有一页飘在一只鸽子的巢中，那一页上写着：

"哟！不要和平的鸽子为我哭泣！"

鸽子看见了很生气的说："真是莫名其妙！那个呆子给我加上一个'和平'的罪名，这顶大帽子我老鸽可受不了！谁不晓得我正在着手一部《禽鸟战争论》的巨著呢。而且说什么'不要为我哭泣'，真是自作多情，谁有闲工夫为你哭泣！"

这便是我所说的，五百年后，我们的最后一个诗人，吐出最后一口诗人之血和最后一册诗集的故事。

一九五六年十二月一日